SOUVENIRS
DU SIÉGE ET DE LA COMMUNE

OU

DÉPOSITION

D'UN

TÉMOIN NON ENTENDU

DANS LES CONSEILS D'ENQUÊTE

PAR

ANATOLE DURUY,

Ancien Officier de l'Armée,
Ex-chef d'escadron d'État-Major de la Garde nationale,
Ancien chef du cabinet du Ministre de l'Instruction publique,
Receveur particulier des Finances à Paris.

EN VENTE :

A PARIS, CHEZ L'AUTEUR, RUE VENTADOUR, 7

ET CHEZ TOUS LES LIBRAIRES

—

1878

SOUVENIRS

DU SIÉGE ET DE LA COMMUNE

ou

DÉPOSITION

D'UN

TÉMOIN NON ENTENDU

DANS LES CONSEILS D'ENQUÊTE

PAR

Anatole DURUY,

Ancien Officier de l'Arm'e,
Ex-chef d'escadron d'État-Major de la Garde nationale,
Ancien chef du cabinet du Ministre de l'Instruction publique,
Receveur particulier des Finances à Paris.

EN VENTE :

A PARIS, CHEZ L'AUTEUR, RUE VENTADOUR, 7

ET CHEZ TOUS LES LIBRAIRES

1873

VERSAILLES. — IMPRIMERIE G. BEAUGRAND ET DAX,

Rue du Potager, 9.

A MM. A. Devos & F. Rousseau

Capitaines au 2ᵉ régiment de Zouaves.

(Province d'Oran.)

Vous m'avez demandé bien souvent de vous raconter ce que je savais de cette terrible guerre, aux débuts de laquelle vous n'avez fait qu'assister et dont vous n'avez pu recueillir que les échos dans votre lointaine prison. Depuis le champ de bataille de Frœschwiller où tu es tombé, mon cher Alphonse, blessé grièvement avec tant de tes camarades (quarante-neuf officiers tués ou blessés sur

soixante-trois que comptait le régiment), tu as
été transporté à Landshut; et là, pleurant
tristement sur les malheurs de la France, tu
n'as jamais su la vérité sur bien des événements, et en particulier sur la défense de
Paris. Toi également, mon cher Frédéric,
échappé, toi quatorzième, de la lutte achar-
née de Wœrth après trois charges à la baïon-
nette du 2ᵉ zouaves pour enlever le village
et s'y maintenir, contre l'effort combiné de
15,000 Saxons et Wurtembergeois, tu es
resté sur le champ funèbre de Sedan avec
onze autres officiers de votre pauvre régiment réduit à néant par le feu, et tu as
été envoyé à Magdebourg.

Le jour de la déclaration de la paix, vous
avez quitté l'Allemagne avec vos blessures encore ouvertes, et, dominant la douleur par un
énergique patriotisme, vous êtes partis, sans
même traverser la France, après six mois de
captivité, pour aller reformer en Algérie ce
qui restait du régiment, destiné à compri-
mer l'insurrection des Kabyles, et à faire

cette nouvelle campagne plus dure encore par les fatigues que celle de Prusse. Tous deux vous ignorez donc aussi bien des faits de la Commune et de la lutte fratricide enga-gée par elle sous les yeux des Prussiens. Qui ne les voit encore, traînant dans Paris leur insolente joie au milieu de cette orgie révolu-tionnaire, soudoyée par eux en partie, regar-dant avec joie brûler ces monuments qu'ils n'avaient fait qu'entrevoir et envier dans leur triste et fameuse promenade dans nos mu-sées, et venant assister à la destruction de la colonne d'Iéna et de Friedland. Il est au-jourd'hui avéré qu'elle était payée à ces gens-là avec leurs thalers, à valoir sur la contribu-tion de guerre qui leur permettait de s'offrir cette dépense extraordinaire pour leur avarice.

Pour moi, mes chers amis, j'ai eu la triste chance de voir tout cela de très-près, et je me décide à l'écrire pour toi d'abord, mon vieux camarade de la 7e compagnie de Saint-Cyr, et pour tous ceux de nos amis de l'armée qui vivent encore. J'espère qu'ils liront mon petit

travail avec bienveillance, ne relèveront pas
trop d'incorrections de langage ou de style ; je
ne crains pas les erreurs matérielles de faits,
je n'en commettrai aucune, je le dis d'avance.
Ils l'accepteront comme je le leur offre, le cœur
bien triste de dévoiler tant de turpitudes ; mais
avec la conscience d'un honnête homme qui
remplit un devoir pénible mais nécessaire. J'espère également que, après l'avoir lu, ils le feront
lire à d'autres, et que, par ce moyen, j'arrive-
rai à la plus grande et à la meilleure publicité,
c'est-à-dire à la discussion complète et à la
lumière vraie sur tous ces faits encore douteux. Toute l'armée d'Afrique connaît votre
courage et votre droiture. C'est donc sous
l'invocation de votre nom que je place mon
œuvre, bien sûr qu'un tel patronage ne
peut, à première vue, que lui porter bonheur,
et lui présager le succès par le reflet de cette
honnêteté énergique qui distingue votre nature
et dont je veux m'inspirer comme de règle absolue dans tout ce livre. Si jamais j'étais porté
à vouloir atténuer ou exagérer quoi que ce

soit, votre pensée sera toujours là pour me guider et me ramener au sentiment vrai de chacune des situations que j'exposerai. Je suis de plus fonctionnaire public de l'administration des finances, la plus élevée au point de vue moral avec la magistrature. Le maniement des deniers publics donne bien vite le sentiment profond de la prudence, de l'honnêteté la plus absolue en développant celui de la responsabilité journalière et croissante. Je sais donc toutes les obligations que ce titre et cet honneur m'imposent, et je n'aurai jamais ou la folie de compromettre une situation aussi honorable que la mienne, ou la lâcheté de m'en servir comme d'une machine de guerre pour saper, à son abri, les défenses de mes ennemis. Je n'en ai pas d'ailleurs, je pense, et ne veux qu'un récit impartial et loyal de ce que je sais et de ce que j'ai vu. Le premier exemplaire de mon livre sera remis par moi-même entre les mains du Président de la République, et le second entre celles de mon Ministre, M. Magne. Je ne veux compromettre personne :

1.

je suis avant tout un homme d'ordre et de gouvernement, et je porte un nom qui n'admet aucun soupçon à cet égard.

Le Maréchal-Président est la plus grande figure de notre époque, et dans ce siècle aux idées étroites et mesquines, il me rappelle par son austère piété et son noble courage ces preux chevaliers qui n'avaient foi qu'en Dieu et en leur épée. Ce sont ses grands sentiments religieux qui l'ont soutenu et porté jusqu'à ce jour. La Providence l'avait certainement marqué et réservé pour la noble mission qu'il accomplit aujourd'hui, de relever moralement et politiquement ce malheureux pays presque replongé dans l'abîme par un gouvernement de compromis lâchement perfides avec les ennemis de tout l'ordre social. Le maréchal est un homme de Dieu qui continuera, espérons-le et méritons-le, à le protéger pour le bonheur de la France.

Le pays connaît également les vertus et les services de M. Magne. Il est de ces hommes qui s'imposent dans des crises comme celles

que nous venons de traverser, par la trace
lumineuse qu'ils ont jetée à d'autres époques.
Ce grand ministre est le seul capable de
corriger les erreurs économiques et com-
merciales, les monstruosités financières, et de
ramener à l'équilibre les budgets fantastiques
de M. Thiers et de ses collègues. C'est un
digne lieutenant du Maréchal-Président et nul
choix n'a été plus propre à rassurer le pays
et à lui rendre ce calme et cette prospérité des
affaires qui n'existaient plus que de souvenir
depuis trois années. Vous me connaissez
assez pour savoir que je ne viens pas ici m'a-
baisser à une indigne flatterie, ma plume ne
peut rendre un pareil témoignage que parce
qu'il est sincère et bien raisonné, et qu'elle
ne fait qu'exprimer l'opinion générale.

Tels sont les deux grands personnages sous
le patronage desquels je ne puis placer mon
livre par le sentiment des convenances, mais
auxquels il me sera toutefois permis d'en faire
le premier hommage après celui qui, certainement, me l'a inspiré, à moi, obscur soldat,

réservé à servir un jour cette grande cause et
à me rallier au drapeau du Christ et de son
Vicaire meurtri et persécuté sur la terre, en
lui vouant mon bras et mon intelligence :
j'ai dit Dieu, dont je viens ici affirmer hautement la protection, dont pour mon malheur
j'avais douté jusqu'à ce jour. C'est une pro-
fession de foi qui, avec mon nom, étonnera
bien des gens pour beaucoup de raisons,
mais qui n'en est peut-être que plus méri-
toire parce qu'elle est plus mûrement ré-
fléchie et plus hautement affirmée.

J'ai vécu longtemps dans un milieu nor-
malien des plus brillants comme science et
surtout comme esprit critique. Le contraste
était d'autant plus grand que je sortais de St-
Cyr et de l'armée qui sont la grande école de
discipline, d'obéissance et de dévouement.
Les fonctions militaires sont ingrates pendant
la paix, pour ne se relever qu'aux jours du
danger national à leur vraie mission si haute
et si admirable. Je voyais d'un côté le mérite
modeste et obscur, l'abnégation d'hommes

souvent très-bien doués, faisant simplement leur devoir. Ils se préparent à tout instant de leur carrière dans une série de positions dont l'honneur est presque toujours la seule rémunération au sacrifice de leur vie et de leurs affections les plus chères pour la défense de le patrie ou de l'ordre social menacé. Ma raison comparait involontairement leur vertu avec la légèreté brillante de ces beaux esprits, ne reconnaissant que les doctrines athées en matière religieuse, positivistes ou matérialistes en philosophie, radicales ou sceptiques en politique, qui forment le bagage forcé de tout bon élève de l'Ecole de la rue d'Ulm.

Dans le principe, j'étais étonné et presque émerveillé de toutes ces théories; en les étudiant et en cherchant ce qu'il y avait au fond, je trouvai presque toujours le vide et le néant ou une routine presque devenue proverbiale. Une base solide manquait à ce brillant édifice : et je ne voyais que jeux légers ou combinaisons ingénieuses de l'esprit, mais rarement la conviction qui seule fait la force. Le doute et le scepticisme étaient devenus tellement la règle de ces beaux diseurs qu'ils finissaient, je crois, par douter eux-mêmes de leurs propres affirmations sans pourtant en rien diminuer.

J'en tirais comme conclusion, que l'armée est bien la grande école de ce pays, que tout Français sans exception doit y passer et que le jour désiré où le savoir et le travail pourront y trouver les mêmes encouragements et les mêmes récompenses légitimes que dans les fonctions civiles, on sera étonné de voir s'y révéler une somme égale d'intelligence et de capacité toujours bien dirigée et contenue par le sentiment militaire. J'en arrivai par ces considérations à cette formule peut-être un peu sommaire dans la forme, mais exactement vraie dans le fond pour la régénération morale et physique de notre pays.

Tout pour et par l'armée.

Aussi j'aurais désiré que les éducateurs chargés de la direction de l'héritier des Napoléon fussent un bon gouverneur militaire, capable de lui enseigner les mâles vertus du

soldat chrétien, et un bon prêtre pour l'ins-
truire dans notre religion, et lui donner ce
fonds indispensable de toute éducation solide. J'aurais laissé aux professeurs publics le
soin de lui apprendre le grec, le latin, et les
humanités destinées à orner son esprit et à
former son cœur, par le sentiment et le contact du beau idéal, du vrai et du grand dans
tout ce que l'humanité a produit de chefs-
d'œuvre à ses différents âges. Voilà pour le
Prince. Quant aux autres Français, ce passage
forcé par l'armée serait une cause de plus à
ajouter aux années de collége pour ceux qu:
se destinent aux carrières libérales et pour la
masse des futurs agriculteurs et commerçants.
Ce temps qu'ils perdraient en apparence ren-
drait à la vie civile des hommes disciplinés et
vigoureux. Ils seraient surtout mieux prépa-
rés par la vie austère du soldat contre les en-
traînements du socialisme et de la guerre civile, tout puissants sur la plèbe des grandes
villes et même aujourd'hui sur celle des cam-
pagnes. On fera encore des miracles, par

le précepte du maréchal Bugeaud *ense et aratro*. La routine universitaire fera de son côté trève à ses procédés si lents même dans l'instruction primaire, et il n'y aura par le fait que bénéfice pour chacun et surtout pour le pays, qui verra les générations successives s'élever en vigueur morale et physique, et former de vrais défenseurs de l'ordre et de la patrie, des électeurs sérieux au scrutin, en un mot de vrais citoyens.

Je reconnais mes erreurs passées et ne crains point de les confesser. Ce n'est pas non plus, comme les intéressés ne manqueront pas de me le jeter à la face, un sentiment de vulgaire ambition qui me guide dans ce grand acte de ma vie; mais la foi sincère qui s'est emparée de mon âme avec le besoin du dévouement à une de ces grandes causes qui marchent à l'abri du signe divin et qui finiront par triompher avec lui.

L'*In hoc signo vinces* se renouvellera pour le salut de la France.

Tout ce qui précède prouve assez que mon

livre ne contiendra ni diffamation, ni calomnie, ni rien qui ne puisse s'avouer et s'écrire bien haut. Je ne regrette qu'une chose, c'est que le fond soit si implacable, toutefois ce n'est pas moi qui l'ai rendu tel, et je ne puis être responsable de la vérité des faits devant l'histoire. La grande enquête parlementaire dont je respecte parfaitement le travail et le caractère n'a pu et n'a dû appeler que les grands témoins de ce grand drame. Aujourd'hui ce livre ouvre une enquête complémentaire, bien modeste; mais, comme aux assises de la justice dans les grands procès criminels, ce seront peut-être les témoins les plus infimes qui donneront le nœud de bien des questions.

Il n'y a presque toujours chez eux ni ambition pour l'avenir, ni regret du passé ; en un mot rien qui, même dans le présent, puisse les engager à dissimuler ou à dénaturer la vérité.

A l'origine, je n'ai pas insisté pour être entendu, bien que je l'aie fait demander.

Tout d'abord, j'aime fort peu à sortir du
silence, et j'espérais tous les jours que la
lumière se ferait enfin dans l'esprit de ce
vieillard berné par ses propres alliés, qui
ne le maintenaient là que pour tenir l'em-
ploi vacant jusqu'à l'arrivée du grand Gambetta. Puis je craignais de ne pouvoir tout
dire, et ma déposition devait contenir des
faits assez importants pour nécessiter non-
seulement un simple témoignage d'honnêteté
et de vérité, mais encore les preuves indiscu-
tables à l'appui de mon dire.

Je pouvais autrement être menacé de passer pour un fou innocent ou un illuminé dan-
gereux de fanatisme soudoyé.

Je vous ai raconté précédemment les perquisitions de la préfecture de police à mon
domicile. J'avais dû, à la suite, mettre en
sûreté tous mes papiers à l'étranger, et n'ai
pu les faire rentrer que ces temps derniers.

Je possède sur toute cette période malheureuse beaucoup de documents précieux et in-
discutables et je fais appel à tous les gens de

bonne volonté pour m'en donner. Je supplie
les timides et tous ceux qui, par position, hési-
tent ou n'osent pas, de venir à moi, je les écou-
terai, en les assurant par avance du secret le
plus absolu. Je n'ai pas besoin de leur en dire
plus, ils me savent homme à tenir ma parole
envers et contre tous. Je demanderai partout
les documents même anonymes. Je les accep-
terai et les contrôlerai tous, surtout ces derniers, et je jure que personne n'aura à regretter d'avoir aidé à l'œuvre que j'entreprends aujourd'hui. Ceux qui voudront signer
et être nommés le seront, ceux qui voudront
donner leur témoignage à la vérité et à la
justice, sans être mis en scène, rendront encore un grand service à la cause sacrée de
l'histoire, et en reconnaissant le poids de leur
déposition, pourront être fiers d'eux-mêmes
et heureux d'avoir pu faire œuvre de bons
citoyens, sans compromettre eux, leur famille
et leur position.

J'ai pleine confiance, pour l'instruction de
la cause, dans ce procédé d'investigation ana-

lytique, et je suis persuadé qu'il ne peut jaillir que beaucoup de lumière de la synthèse qui en sera la déduction fatale par la chaîne des événements expliqués et de leurs causes dévoilées jusque dans leurs dernières conséquences.

Ceci posé, mes chers amis, je vous demande pardon de la longueur de cette lettre bien sérieuse. Je ne sais où elle vous parviendra, car vous êtes encore, je crois, au fond du Sahara, à la poursuite de l'insaisissable Si-Sliman ; mais je suis sûr que, partout où le spahi du Goum trouvera votre tente, vous serez heureux de la recevoir comme le symbole de la patrie et le souvenir de celui qui vous aime comme des frères, pour votre droiture dans la vie privée et votre bravoure au champ de bataille.

Je suis prêt à vous envier et à regretter le bonheur de cette belle vie de lutte contre la nature et les sauvages enfants du désert où, livrés seuls à vous-mêmes avec une compagnie, vous devez veiller le soir sur le petit campement de vos hommes qui dorment confiants autour de leur chef pour les retrouver le lendemain prêts aux plus audacieuses expéditions. Ma lettre est triste et va probablement interrompre vos beaux rêves du retour au pays et faire saigner vos nobles cœurs. Au moins quand vous reviendrez, nous n'aurons plus qu'à maudire ensemble ces néfastes souvenirs. A bientôt donc, je vous attends.

Votre vieil ami,

Anatole Duruy,

Ancien officier de l'armée, ancien chef du cabinet du Ministre de l'Instruction publique, ancien chef d'escadron d'état-major de la Garde nationale, aujourd'hui receveur particulier des finances à Paris.

Vous savez que j'ai eu l'étrange fortune, moi fils d'un ministre de l'Empire, d'être mêlé de très-près à tout ce qui s'est passé depuis le commencement de cette triste guerre jusqu'à la fin de l'horrible Commune. Aujourd'hui je me décide à prendre la plume et à vous confier mes impressions. Je suis malhabile à ce métier ayant toujours bien mieux su tenir un sabre. Toutefois j'ai le sentiment de remplir un grand devoir.

Je fais bon marché de ma pauvre petite personnalité et suis bien loin de vouloir chercher à lui élever un piédestal en raison des

circonstances où elle s'est trouvée engagée.
J'aurais bien voulu éviter complétement le
moi si haïssable, je ne le puis pourtant, puisque je raconte tout ce drame auquel j'ai assisté
directement comme acteur ou témoin impartial. Je viens seulement, et cela je vous l'af-
firme sur mon honneur de soldat, je viens
rendre hommage à la vérité et apporter ma
petite pierre à l'édifice que commence à élever l'histoire par l'étude des responsabilités
qui incombent à chacun dans les malheurs
de notre pauvre France. Cet opuscule n'à
d'autre prétention que d'être le résumé fidèle
de notes personnelles. Ce n'est pas non
plus une vaine satisfaction d'amour-propre
que je cherche dans le récit des malheurs de
notre pays; d'autres que vous, mes amis,
sachant vaguement ce que j'ai pu faire ou
même m'ayant vu à l'œuvre, en sont arrivés à
ce raisonnement monstrueux mais fatal qu'il
devait y avoir sur moi une de ces taches incon-
nues qui empêchent un homme de recevoir même la récompense de son courage et

de ses services. Vous vous rappelez qu'étant
le seul officier de l'état-major de la garde nationale qui ait assisté à toutes les batailles sous
Paris et le seul blessé au feu, je n'ai été
ni décoré ni remercié. Ce n'est ni un re-
proche ni même un regret. Je vous cite
purement un petit fait qui aura sa valeur
comme vous en jugerez par la suite. Depuis,
j'ai refusé, malgré tout le prix que j'y attachais
autrefois, cette faveur et quelques autres. J'ai
l'âme trop haute et trop fière pour craindre
la calomnie et ses morsures venimeuses. Rap-
pelez-vous toutefois le fameux : Calomniez,
calomniez,... et vous m'approuverez alors
quand je vous dirai : Vous me connaissez, aujourd'hui je veux être connu de tous. D'autres plus compétents raconteront les grandes
phases de cette triste lutte. Les livres et les
mémoires commencent à abonder et à faire la
lumière. Quant à moi, je n'ai pas si grande
ambition, je veux simplement raconter
ce que j'ai vu, je n'avancerai pas un fait
qui ne me soit personnellement connu et

2

rigoureusement exact, et je défie qui que ce soit, ami ou ennemi, de pouvoir seulement me contredire. Je tâcherai d'être prudent et de n'attaquer systématiquement personne par ce simple récit. Je suis prêt à répondre devant Dieu et les hommes de mes paroles comme de mes actes.

J'écris, il est vrai, avec mon cœur et non avec ma tête. Le style, c'est l'homme.

Donc, si ma plume rend justice à ceux qui sont tombés, ce n'est pas seulement la reconnaissance que je conserverai toujours pour leurs bienfaits qui me dicte cet hommage. Je veux aussi qu'elle aille, comme l'écho si doux de la patrie absente, porter par delà les mers aux exilés le pieux témoignage de mon admiration quand je la crois méritée et peut-être l'augure de la réhabilitation future. L'auréole du martyre sur la terre anglaise de l'illustre prisonnier de Willemshohe, renouvelant la tradition napoléonienne du rocher de Sainte-Hélène, et surtout la vertu précoce du jeune prince, espoir de la dynastie, élevé dans l'adversité, rachèteront les fautes passées et entraîneront la voix du peuple à se prononcer encore après le mûr examen des responsabilités : *Vox populi, vox Dei.*

Seulement pour que la voix du peuple soit la voix de Dieu, il ne faut plus que ce soit le suffrage d'une multitude ignorante et aveugle, mobile et perfide comme la mer. Le suffrage universel est une arme à deux tranchants. Il est réellement la seule grande faute politique de l'Empereur, qui avait dû s'en servir à l'origine et n'a malheureusement pas eu le courage de le briser après. Espérons que l'Assemblée et le Gouvernement, si je puis m'exprimer ainsi, anonyme que nous avons le bonheur de posséder, auront la fermeté de porter la hache au cœur de cette institution néfaste, loyalement et légalement

C'est une besogne désagréable à faire évidemment, si je puis m'exprimer ainsi, que ce nettoyage des écuries d'Augias. J'espère toutefois que le gouvernement si droit et si honnête du maréchal ne reculera pas devant

l'initiative de cette mesure patriotique récla-
mée par tous les bons et sages esprits, non de
museler le suffrage universel ou de le suppri-
mer, puisqu'il est devenu et tend partout à devenir une conquête des droits modernes,
mais au moins de l'amender par l'extension
des obligations de l'électeur. Il ne sera plus
alors qu'une grande et libérale institution,
digne d'un grand pays comme le nôtre, éclairé
par une éducation politique aussi large que
possible, et fonctionnant avec le calme et la
force de ces machines puissantes dont les
soupapes garantissent toujours les dangers
mortels. J'espère également que l'Assemblée
s'associera à cette œuvre et voudra lui donner
la consécration de son autorité souveraine.

Donc pas de réaction, de quelque part que
ce soit. Quant à moi, si je puis exprimer un
vœu bien humblement, j'estime que le salut
pour nous en ce moment serait la proroga-
tion, pour quelques années, du pouvoir honnête et ferme qui nous gouverne et auquel
il est grand temps d'enlever ce caractère

éphémère qui encourage les attaques des
ennemis abattus hier et toujours prêts à relever la tête comme l'hydre de la fable. De
la virilité et encore de la virilité : tout est là.

. Je ne reculerai donc devant aucune vérité,
d'où qu'elle vienne et où qu'elle frappe, et
j'irai d'estoc et de taille jusqu'au bout de
ma tâche me rappelant la vieille devise
de nos pères : En avant pour Dieu et la
patrie.

Je n'ai sans doute pas encore la science de
bien fondre les tons et, dans ce chaos de faits,
il y aura des vérités qui choqueront quelquefois par la vivacité peut-être un peu brutale
de l'expression ; mais le fond sera toujours
bien autrement dur que la forme et c'est lui
auquel je m'attache tout d'abord.

Je ne suis pas non plus de ceux qui s'abais-
sent au coup de pied de l'âne, et j'ai toujours
regardé en face mes amis comme mes ennemis.
Ils sont du reste bien autrement puissants que
moi et, si je dois être le vermiceau ou le grain
de sable, croyez bien, et vous le verrez, que je

n'ai pas attendu cette heure un peu tardive
pour engager seul une lutte qui aurait dû être
cent fois mortelle pour moi. Je vous dirai
dans le courant de ce récit la raison qui m'a
obligé à retarder si longtemps cette publica-
tion, et ce n'en sera pas la partie la moins
curieuse, je vous le jure. Le sentiment de
la hauteur de ma mission m'élève tellement au-dessus des passions ordinaires de
l'humanité que j'en suis arrivé, dans ce livre,
qu'on cherchera peut-être à représenter,
d'après son titre même et le nom de son
auteur, comme le pamphlet d'un séide, à
faire abstraction de toute cause personnelle
et à ne plus voir ni orléanistes, ni légitimistes,
ni bonapartistes. Vous jugerez si réellement
j'écris pour tous les Français, petits ou grands,
et j'emploierai tous les moyens possibles pour
que le plus grand nombre me lise, s'éclaire et
discute mes assertions. Je rouvre peut-être
des plaies à peine fermées; mais je crois
que, pour la guérison morale et physique de
ce pays, il est temps d'en finir avec cette

fausse philanthropie qui nous a perdus et
que, pour de pareilles blessures, le fer
rouge est toujours le meilleur des remèdes.
C'est à ce prix seul que la grande vaincue
pourra se relever, car les doctrines et les théories malsaines des philosophes du dix-hui-
tième siècle, puis des révolutionnaires de 93
ont engendré l'athéisme en matière religieuse
et le scepticisme en politique, sans y substituer aucun de ces sentiments forts qui seuls
peuvent guider et élever une nation, en lui
donnant la pratique des devoirs corrélatifs de
ces prétendus droits toujours revendiqués si
haut. Si les événements me donnent le rôle
de justicier, mes arrêts ne sont pas sans appel
et je les provoque d'avance devant quelque
tribunal que ce soit ; ce sera un loyal combat
en champ clos. La France entière, je le dé-
sire, sera témoin et juge du champ. Chacun
pour soi et Dieu pour tous.

Ce n'est pas non plus le désir de vengeance qui m'excite. J'ai été abreuvé d'hu-
miliations, vous le savez, deux fois au len-

demain de la chute de la Commune, après tout ce que j'avais fait pour la combattre, mon domicile a été violé et des perquisitions du haut en bas de ma maison ont été ordonnées sous un prétexte que je n'ose même vous avouer et, en réalité, pour saisir mes papiers.

Il y a deux ans, dans les premiers jours de juin, après l'entrée des troupes à Paris et après avoir combattu en volontaire jusqu'aux buttes Chaumont dans les rangs de nos soldats, j'étais rentré chez moi pour me reposer de mes fatigues et de mes blessures. Un matin je fus réveillé en sursaut par un commissaire de police qui, après avoir fait entourer ma maison par ses hommes, réclamait légalement, avant de la forcer, l'entrée de ma porte. Je descendis moi-même l'introduire. Il m'exhiba l'ordre de perquisition, et je tins à lui tout montrer, depuis le grenier jusqu'à la cave.

Cet homme était honteux du triste devoir que sa fonction lui imposait vis-à-vis de moi.

Je l'encourageai à aller jusqu'au bout. Alors, moitié riant de pitié, moitié pleurant de rage, parce que ma maison était l'image de la patrie mise au pillage par les gens du 4 Septembre et leurs successeurs, j'assistai au défoncement, à un mètre et demi, des massifs de mon jardin, qui fut retourné de fond en comble. Que cherchait-on ? Je vous l'ai dit.

Quand tout fut bien fini et qu'à part les pierres de taille de la maison tout eût été fouillé consciencieusement, je fis seller mon cheval, encore blessé comme moi, et je courus à la préfecture de police à Versailles. Je demandai le général Valentin, qui me connaissait parfaitement, par des relations antérieures sous l'Empire et pour m'avoir vu à l'œuvre contre la Commune. Il rêvait alors la croix de commandeur et les étoiles, et accablait la Cour et tout ce qui de près ou loin touchait au gouvernement de ses protestations. C'est à ce titre que je passais toutes mes soirées du mercredi à dîner avec lui, et à écouter la belle musique de son régiment. J'allai à lui et lui dis :

« Mon général, pourquoi m'avez-vous fait tant de mal? Vous me connaissez pourtant bien : en vertu de votre pouvoir discrétionnaire, vous pouviez me mander à votre cabinet et me parler en magistrat sévère et impartial. Je vous aurais répondu, évité une mauvaise action, et une faute, ce qui est pire. Car, de ma vie, je ne vous pardonnerai l'injure faite au nom de mon père. Au lieu de pourchasser et d'humilier un citoyen tranquille qui ne demande rien à personne (mon crime était d'avoir, à Versailles, refusé la décoration et diverses autres faveurs), vous avez violé mon domicile, et, devant une population tout entière étonnée d'une pareille monstruosité, vos agents ont dû se retirer honteux et insultés.

» Au lieu de cela, regardez donc autour de vous; rendez-moi donc, à votre tour, compte de ces faits, et voyez le rôle de la préfecture de police sous le gouvernement du 4 Sep-

tembre. Demandez de ma part à M. de Kératry et à ses lieutenants ce que sont devenues
telles et telles choses, volées légalement à ma
connaissance.

» Sous la Commune, la préfecture de police,
armée de son autorité redoutable, volait légalement. Il paraît que sous le gouvernement
de M. Thiers la moralité de ses préfets est la
même ; ils continuent à ne servir que les intérêts personnels d'en haut, et à manquer à
ce qui est l'honneur de la mission si complexe
qui leur est confiée pour la sauvegarde de la
loi et des droits des citoyens. »

Je lui montrai alors divers papiers, et,
entre autres, le suivant, que je vous livre textuellement, en gardant l'original à la disposition de tous ceux qui voudront en prendre
connaissance.

Le général se tut et ne trouva qu'un mot à
répondre :

« C'est par ordre supérieur. »

Voici ce document :

« *Ordre à M. le régisseur du Palais-Royal*

de remettre au porteur du présent un cheval avec sa selle et sa bride pour être amenée (sic) à la préfecture de police. Le choix sera fait par le porteur.

» *Prière à* **M.** *le chef du poste de faire exécuter l'ordre.*

» Le Secrétaire général,

« ANTONIN DUBOST. »

J'étais alors commandant militaire du Palais-Royal, et M. Antonin Dubost était, on s'en souvient, secrétaire général de la préfecture de police quand M. de Kératry était préfet.

Le fait se passe de commentaire, et je n'ai qu'un mot à ajouter, c'est que cette perquisition avait lieu chez moi, alors que tout Paris a pu voir comment ma famille s'était conduite pendant le siège et la Commune. Mon père, au lendemain du 4 Septembre, oubliait tout pour ne penser qu'à la patrie, et endossait gaillardement la capote pour passer les nuits aux tranchées et aux avant-postes ; mon plus jeune frère Georges, âgé de seize

ans, obtenait également, à force de démarches, l'honneur d'user du chassepot. Mon
autre frère Albert, le journaliste, publiait sous
la Commune des articles de polémique re-
marqués (1).

Je vous dirai plus tard d'où venait l'ordre.
Je n'en ai pas parlé jusqu'à ce jour et pa-
tient, comme l'Arabe ou l'Indien, j'ai attendu
en silence que le fruit de la justice fût mûr
pour le cueillir et le savourer à mon heure.

Je vous démontrerai également que les procédés actuels de la Préfecture sont conformes
aux traditions implantées par les gens du
4 Septembre et n'ont guère varié au point de
vue de la moralité publique.

Je commence sans plus de préambule, en
répétant que je demande grâce pour l'impéri-
tie du style, n'ayant jamais pris la plume
avant ce jour que pour des rapports financiers
ou des récits d'opérations militaires bien secs
et bien arides.

(1) Journal le Pays du 29 Juillet.

PREMIÈRE PARTIE

ORIGINE DE LA COMMUNE

Ma première partie sera consacrée à montrer cette fameuse origine de la Commune et j'établirai, pièces en mains, la paternité directe et authentique que peut réclamer, au lendemain ou plutôt à la veille du 4 septembre, le gouvernement de la défense nationale tout entier sans en excepter qui que ce soit, depuis son président, jusqu'au dernier secrétaire, dans la naissance et le développement progressif de l'institution. Je fus au berceau du monstre et je vous jure que jamais enfant ne fut, à son arrivée dans le monde, choyé et caressé comme celui-là par ses honorables parents.

Le Gouvernement du 4 septembre a créé la Commune exactement comme la République de 48 avait créé les ateliers nationaux : dans le même but, mais avec les proportions différentes que les circonstances permettaient de donner à ces deux institutions sœurs. La première République avait ainsi sous la main 30 000 vauriens, toujours prêts à être lancés sur la bourgeoisie qui inspirait encore un certain respect par son attitude décidée dans la garde nationale. La seconde se donnait une véritable armée organisée avec son artillerie et ses munitions pour marcher contre l'armée de la France au moment où elle savait bien que le pays entier se lèverait contre la tyrannie de la capitale.

On aura alors l'explication de cette ignoble comédie du 31 octobre et de toutes celles qui suivirent jusqu'au moment où la chose tourna, pour le bonheur de la France, à la tragédie. Il y a longtemps que l'histoire nous a montré cette faveur d'en haut qui a retiré notre noble pays de l'abîme, pour sauvegarder sa providentielle mission dans le monde, depuis les Anglais, sous Charles VI, jusqu'à nos jours, et qui nous prépare la revanche terrible de nos malheurs, si nous savons la mériter en reprenant nos vieilles vertus et la religion de nos pères les croisés, qui seule peut encore nous sauver avec son divin symbole la Croix : Dieu protége la France !

Aujourd'hui je viens assigner ce gouvernement tout entier devant le tribunal de l'opinion publique, comme plus tard il sera traîné devant celui de l'histoire, pour que le pays prononce la seule condamnation possible : « Etre jeté aux gémonies publiques. »

Il n'est pas même par sa lâcheté digne de cette autre fin plus noble qu'il a prodiguée autour de lui aux imbéciles sectaires de ses phrases creuses. Car la conclusion de ce drame a été, avec la honte du pays entier encore sous le talon des Prussiens, la mort et la désolation de la grande ville, berceau de la civilisation moderne et symbole du progrès de toutes les idées généreuses germées sur un point quelconque du globe, noyée par eux dans le sang et ravagée par l'incendie. Ces mots de défense nationale, de guerre à outrance ont encore, pour les masses ignorantes, un certain prestige : il est temps de déchirer le voile et de montrer, au grand jour, l'idole dans toute son horreur pour la faire briser par ses propres fanatiques et idolâtres revenus enfin à la vraie raison.

Je demanderai plus : en ce moment un personnage haut placé est appelé à rendre compte, à la justice du pays, de sa conduite militaire et politique, dans une autre page bien douloureuse de cette guerre. Je ne veux pas divulguer quelques-unes des révélations et des pièces que le maréchal Bazaine, paraît-il, tient à la disposition du Conseil de guerre et qui expliqueront parfaitement le retard forcé apporté par le gouvernement de M. Thiers à en finir avec cette accusation. Je ne suis pas autorisé à dire le nom de la personne, de l'in-

timité et de la famille même du maréchal, qui
m'a transmis ces détails. Nous allons du reste
avant peu voir se dérouler la cause et
l'opinion publique pouvoir enfin se prononcer. '

Là encore le pays va assister à bien des
hontes, et toute cette boue qui va en rejaillir
ne pourra que nous humilier une dernière
fois, aux yeux du monde étonné de voir la
grande nation avilie par ceux qui, placés le
plus haut, devaient donner l'exemple des
passions mâles et viriles. L'accusé est sacré, je
n'en puis dire davantage; mais ce procès mon-
trera peut-être aussi ce que la haine d'un régime politique, par lequel il croyait méconn-
ues ses hautes et soi-disant indispensables
facultés, parce qu'il n'y était pas premier
ministre, pouvait engendrer chez un autre
homme dont le soi-disant patriotisme ne crai-
gnait pas de préférer la défaite du pays et
de nos armées au triomphe de l'Empire.

Quand les chefs donnent ainsi l'exemple
de subordonner les grands intérêts à de mes-

3.

quines ambitions personnelles, un pays est
bien près de sa fin, s'il n'a pas le courage
de relever la tête pour protester hautement
contre une pareille immoralité et prononcer
les sentences les plus terribles contre tous
ceux qui, de près ou de loin, sans patriotisme, sans religion, auront trempé dans ce
crime de lèse-nation.

Espérons que la vérité pleine et entière
sortira de ce procès, toute armée pour les
uns comme pour les autres. Il est temps que
toutes les responsabilités soient étudiées et
mises au grand jour. Pourquoi ne pas déférer
également à ce même jugement celui qui
n'a pas voulu sauver Paris, par une de ces
causes secrètes dont on n'ose sonder la pro-
fondeur par crainte de ce qu'on y découvrira,
au lieu de laisser la grande ville s'éteindre
misérablement de faim et d'employer les res-
sources immenses de dévouement et de sacrifice qu'elle demandait à prodiguer, et qui
auraient suffi à faire de ce siége une épopée
digne des temps héroïques ?

Pourquoi ne pas appeler aussi celui qui, responsable d'une ignorance coupable et d'une suffisance touchant à la bêtise, n'avait pas su, malgré ses affirmations répétées et trompeuses à la France, préparer une guerre, inévitable et fatale pour tous les esprits sérieux ?

Les fautes sont égales sinon les mêmes; justice égale donc à tous.

Ils devraient être les premiers, tous ceux que la voix publique accuse, à tort ou à raison, à venir demander hautement cette enquête, comme le capitaine rentré au port après le naufrage, et survivant à la perte de son équipage et de son navire, vient réclamer le jugement de ses pairs qui doit lui rendre l'honneur et la confiance.

Ils devraient provoquer, pour l'honneur de leur nom, ce verdict que l'histoire prononcera avec sa froide impartialité, alors que la perspective se sera produite et que les passions du jour se seront éteintes, mais que les contemporains eux aussi ont le droit devant

les malheurs de la patrie de réclamer au nom
de la patrie elle-même blessée et expirante
par leurs fautes calculées ou involontaires.
Les fonctions publiques cesseraient d'être une
espèce de propriété, le grade lui-même ne
pourra être mis à l'abri, et tout ce qui parti-
cipera de près ou de loin à la puissance publique sentant, à tout instant, le poids de
cette responsabilité, prendra encore plus de
dignité et d'honneur dans l'opinion, et par
suite de force dans l'exercice de ses devoirs
professionnels.

Après avoir raconté les faits militaires du
siége, auxquels j'ai assisté, je montrerai, pa-
rallèlement à eux, la marche de la future
Commune protégée par ses créateurs du
4 septembre et je défie le citoyen Jules
Favre lui-même, l'homme si habile aux illu-
sions en matière d'écritures publiques, de
prouver que lui et ses compagnons, après
avoir été les pères de ce monstre, ont cessé
un instant de prodiguer leur soutien et leurs
faveurs à cet enfant qui grandissait pour

les aider dans leur œuvre infernale. Ils avaient dû, par honte et impuissance dans leur escalade du pouvoir escamoté au 4 septembre, s'arrêter à un certain échelon où ils pouvaient encore espérer l'aide des honnêtes gens trompés, oubliant peut-être que, dans une voie pareille, avec les hommes et les idées qu'ils avaient remués et qui les avaient portés, il est impossible de faire halte et qu'il faut aller, aller toujours poussés comme par la fatalité des ballades allemandes. Comme la bête fauve lâchée dans le cirque a soif de sang et ne veut plus rentrer dans sa cage jusqu'au moment où, assouvie, elle retrouve sa lâcheté devant le fouet assez fort pour la flageller, de même la Commune a dû, mutilée, rentrer sous terre lorsque l'armée a pu enfin mettre le pied sur le serpent. Malheureusement elle a été arrêtée dans son œuvre de justice et a dû laisser échapper la tête et quelques tronçons réservés perfidement pour une résurrection criminelle.

Cela prouvé, je prendrai le gouvernement

de M. Thiers, à son origine ; sa croisade en
Europe et ses négociations prétendues patriotiques pour sauver le pays, mais surtout
pour enterrer l'Empire. Il n'en était pas du
reste à son début en la matière. Le pays se
rappelle encore les jours néfastes où ce petit
homme, plein de fiel et de vanité, par dépit
de ne pouvoir abattre le ministère Guizot,
se décidait et arrivait à renverser le roi
Louis-Philippe, son maître de la veille, et
donnait, de gaieté de cœur, à la France,
une Révolution de plus avec ses ruines
inévitables. Je vous montrerai l'intrigue ca-
chée se substituer à la faveur ouverte vis-à-
vis de ces mêmes gens, en un mot la fi-
liation adoucie et mitigée se continuer,
comme elle devait le faire, avec le caractère
du personnage, par la ruse et les petits
moyens, mais tout aussi dangereuse pour la
paix publique et la restauration du pays.
Nous assisterons alors à ce spectacle étrange
de voir le vieux conservateur d'autrefois,
humble allié des Gambetta et consorts, pour se

maintenir en habile équilibriste contre les trois grands partis monarchiques qui, joués tour à tour, ont enfin, dans un élan patriotique, mis trève à cette lutte journalière par une résolution d'honnêteté énergique. Oubliant les rancunes particulières pour former le grand parti du pays, ils ont enfin jeté par dessus bord le chef qui chaque jour nous menaçait du naufrage et allait le lendemain s'échouer par rage sur ce banc de l'opposition systématique qu'il n'aurait jamais dû quitter.

Nous le voyons aujourd'hui se mettre à la remorque des communards et des radicaux, épargnés autrefois et gardés pour ce jour prévu et s'y donner, par dessus la tête du citoyen Gambetta, la main avec cet autre transfuge d'une grande cause traître à ses traditions, traître à tous les sentiments de reconnaissance. Spectacle bien triste que celui de ces deux ambitions, seules capables d'unir, dans une même apostasie aussi honteuse, un M. Thiers et un Napoléon.

Ils vont reprendre cet éternel système d'op-

position systématique, et je ne puis m'expliquer qu'il soit permis à ce fantoche politique
d'agiter ainsi légalement tout un pays encore
si énervé par l'invasion étrangère et la guerre
déclarée à l'ordre social et d'y faire un bruit
plus que suffisant pour faire arrêter dix citoyens honnêtes. Il faudrait pourtant en finir
avec cette faiblesse qui crée au bénéfice de
certaines personnalités une situation toute
exceptionnelle.

On aura alors également l'explication de
bien des faits inconnus, ou encore douteux
dans l'esprit public. Je poursuivrai mon récit
jusqu'à la mort de la Commune vaincue et
expirante sous les coups de l'armée, malgré
les négociations calculées pour empêcher ce
résultat et maintenir cette situation qui con-
fondait toutes les notions du droit et du juste
dans l'esprit public et presque dans les rangs
de l'armée. Que de fois encore je me rappelle
avoir entendu avec indignation soldats et
même, si j'ose le dire, officiers se demander
où était le droit, où était la loi ? Terrible

situation, plus terrible que les plus mauvais jours de la plus sinistre révolution ! On savait du moins alors qu'il n'y avait qu'à marcher à la guillotine, tandis qu'à Paris on la brûlait hypocritement en grand honneur sur la place publique, malgré ses nobles services à la première révolution, d'heureuse mémoire, pour y substituer l'assassinat en masse et la fusillade des otages par le chassepot, afin d'habituer au feu ces hommes qui n'osaient pas tirer à froid un coup de fusil aux avant-postes.

Les fameuses lois de prairial étaient dépassées, la délation, les dénonciations, les plus mauvaises passions étaient encouragées, provoquées et rémunérées, et, sans la propre lâcheté de ces gens qui tremblaient au fond de leur Hôtel-de-Ville, la Terreur revenait plus sanglante que sa sœur aînée. L'instinct était le même : il ne manquait que le tempérament des Marat et des Danton, à ces polichinelles qui jouaient au tribun.

Dieu a voulu, pour sauver le pays, que les

misérables intrigues de M. Thiers, sous le
fallacieux prétexte de ne pas troubler la paix publique, ne pussent aboutir à une transaction qui
était la perte de notre pauvre pays. Je vous montrerai le rôle véritable de celui qui n'a pas
craint de se décerner à lui-même, dans dix
occasions, quand il a cru pouvoir le faire
sans danger avec son éternel système de bas-
cule, le titre de sauveur de la France et de
vainqueur de la Commune, cherchant à
recueillir le bénéfice et la gloire de cette
exécution qu'il n'a pu éviter. Il a su tout au
moins de suite en paralyser les effets en arrê-
tant la juste vengeance de l'armée sur ces
maudits et en égrenant la justice sommaire qui
était la seule, bonne et facile à faire, par ces con-
seils qui jugeaient, condamnaient ou acquit-
taient après deux années encore, prolongeant
les douleurs ou accroissant les haines. Pendant
que des milliers de malheureux gémissaient
dans les prisons ou partaient en Calédonie,
les chefs de la bande, les sieurs Rochefort
et autres, par un sanglant défi à la morale

publique, étaient envoyés en villégiature aux îles enchanteresses de la Méditerranée, afin de pouvoir, dans cette douce existence, se remettre d'émotions un peu vives pour leur nature poétique et préparer leur retour au grand jour de la liberté future avec de nouvelles forces pour le mal.

L'histoire ne mentionne pas encore une pareille négation du sens moral. Pauvre France appelée, au lendemain de ses défaites, à voir un pareil spectacle et à faire douter encore une fois le monde de son antique vertu, de ses destinées futures !

Lorsque parut la déclaration de guerre répondant aux vœux de Paris surtout, je devins fort triste malgré et peut-être à cause du sot enthousiasme que je voyais autour de moi. J'ai toujours pensé que dans cet horrible choc de deux nations puissantes, il y aurait eu plus de dignité et de force vraies à préparer sérieusement cette lutte gigantesque où des centaines de milliers d'hommes allaient marcher à la mort. Je voyais déjà que ceux qui criaient le plus fort : A Berlin! à Berlin! étaient précisément ceux qui avaient le moins envie d'y aller jamais. Du reste, ce n'était pas à ma perspicacité seule que je faisais l'honneur de cette impression.

Je me rappelais toujours avoir eu la bonne
fortune, deux ans avant, de passer une journée
avec ce héros si connu qui a nom Bourbaki.
Le général revenait de sa mission en Prusse
et en rapportait des impressions peu à notre
avantage, mais dont son ardent courage lui
cachait une partie des menaces.

Je dirai plus : nous avions au Ministère
une section dite des missions scientifiques ;
c'étaient des savants, des professeurs bien
éloignés par leurs études de toutes les questions militaires, et qui partaient à l'étranger,
sur l'ordre du Ministre, avec la mission d'étudier un point de science, d'art ou d'histoire
plus ou moins reculée ou contemporaine.
Quelques-uns revinrent d'Allemagne profon-
dément troublés du spectacle de cette puissance militaire et de cette formidable machine
de guerre qui se dressait contre nous par delà
le Rhin, à nos portes mêmes, sous l'impulsion
énergique de M. de Bismarck, au su et connu
de toute l'Allemagne, pendant que nous res-
tions endormis dans le calme trompeur de

cette magnifique prospérité des dernières années de l'Empire.

Comme ces questions de mon premier métier favori m'intéressaient beaucoup plus, jé
l'avoue, que les hiéroglyphes et les manuscrits, je les interrogeais, et souvent ils me
confiaient leurs craintes dans leurs audiences de retour. Quelquefois même ils les consignaient, d'après mon avis, à la suite de
leurs rapports scientifiques, d'une façon si
vive que je les faisais détacher pour en composer une série de notes et transmettre à la
Guerre ces documents avec toute l'humilité
qui convenait à l'audace grande d'aborder
des questions aussi spéciales.

Toujours le cabinet du Ministre de la
guerre répondait que ces renseignements
ne concordaient en aucune façon avec les
rapports militaires transmis directement au
Ministère par les gens les plus compétents en
la matière, et chargés de l'étudier sur les lieux
mêmes.

J'avais également connu les rapports du

baron Stoffel et l'avais entendu personnellement émettre des opinions tellement as-
surées qu'elles m'étonnaient et m'effrayaient.
J'en avais été si vivement impressionné que
souvent j'en avais causé avec un homme qui
était mon ami à cette époque, le comte de
Solms, attaché militaire à l'ambassade de
Prusse. Lui, si bon compagnon d'habitude
dans nos longues promenades à cheval, n'a-
vait jamais voulu s'expliquer nettement avec
moi sur les pressentiments dont je lui faisais part ou les questions que je lui posais
sur différents points.

Je me rappelais tout cela et j'étais très-
affecté, je vous le jure. Toutefois, comme
j'estime que c'est alors que le découragement
s'abat sur nos âmes qu'on doit se rappeler
l'antique *Sursum corda*, je me dis tout de
suite qu'il fallait bien vite se mettre en mesure de faire son devoir largement comme la
patrie allait en avoir besoin.

Je vous ai dit plus haut qu'après avoir choisi
la carrière militaire par goût, je fus amené,

par la suite des circonstances bien indépen-
dantes de ma volonté, à quitter l'épaulette et
qu'après avoir été pendant près de six années
chef du cabinet de mon père, je devins receveur particulier des finances.

Toutefois, pour conserver quelque chose de
mon noble métier, j'acceptai la proposition,
que me fit le général commandant supérieur
de la garde nationale, d'entrer dans son état-
major. C'était le beau temps de cette institution
néfaste. Je me rappelle toujours la noble tête
cicatrisée de mon général Mellinet et la bonne
et loyale figure du colonel Borel, ce modèle
des chefs d'état-major, deux héros d'Afrique,
de Crimée et d'Italie. Ils étaient mes chefs, on
pouvait hardiment marcher derrière de tels
hommes, malgré la répugnance que m'inspirait déjà le principe de l'armée citoyenne
toujours prête pour le désordre ou inca-
pable de le réprimer. Je courus donc au
Ministère dont je dépendais pour demander, en abandonnant mon traitement de receveur, à repartir modestement avec mon ancien

4

grade. La loi s'y opposait formellement puisque les financiers sont les seuls qui ne partent en aucun cas. En temps de guerre, leur service de trésorerie les assimile à un service actif. Après bien des pas et des démarches, j'obtins de faire exempter à ma place mon fondé de pouvoirs qui devait gérer ma perception pendant que j'irais me battre. Si je ne revenais pas, tout était bien ; si, au contraire, j'avais la chance d'échapper à la mort en servant mon pays, je pouvais retrouver la position et la carrière qui étaient devenues miennes.

Tout était donc pour le mieux.

Le dernier ministère de l'Empire était peu favorable aux ministres de la première période, je trouvai donc beaucoup d'opposition et j'eus toutes les peines du monde à obtenir l'honneur de partir. Déjà auparavant j'avais été, comme ancien officier de Saint-Cyr, nommé commandant d'un bataillon de mobiles. On m'avait objecté l'incompatibilité de ce grade avec ma fonction, alors qu'un de mes collègues l'était et l'est encore à Paris même.

Mon successeur fut le pauvre Ernest Baroche
dont tout le pays connaît la fin glorieuse, et
qui est mort presque dans mes bras au Bour-
get, en se faisant tuer pour montrer à ces
fameux mobiles parisiens comment devait
tomber un homme de cœur.

Pendant toutes ces lenteurs administratives
qui me retenaient forcément à mon poste, les
événements marchaient avec une rapidité
foudroyante, et quand je pus enfin être autorisé à rejoindre l'armée, la catastrophe de
Sedan arrivait et me forçait à revenir à Paris
où je rentrais pour assister à l'invasion de la
Chambre.

Vous savez comment les dépêches annon-
çant le malheur de notre armée étaient arri-
vées. L'impératrice régente, admirable de
calme et de courage, oubliant tous les intérêts
de dynastie pour ne songer qu'au pays, réunit
un conseil de nuit, et y appela naturellement
le général Trochu, revenu de sa fameuse mission à Châlons, avec le titre de Gouverneur
de Paris au nom de l'Empereur, et avec la

promesse du retour des bataillons de mobiles
de Paris, ces enfants de Paris qui avaient le
droit de défendre leur foyer et leur capitale, au
détriment du pays entier, et qui inauguraient
cette défense par leur insubordination et
leurs insultes aux généraux du camp de
Châlons.

Dans ce conseil beaucoup de questions furent agitées, quelques amis fidèles s'inquié-
tèrent, pour l'impératrice régente, de l'état
des esprits et firent appel au dévouement du général. Celui-ci jura sur son épée
de Breton, loyal et pieux, et sur la religion de
ses pères qu'il répondait de tout, et se ferait
tuer au besoin aux pieds du trône pour défendre les droits de son souverain et obéir au
serment prêté.

Le lendemain, à l'ouverture de la séance,
les deux officiers de paix, sous le commandement de M. Lagrange, chargés avec leurs
brigades de garder les avenues de l'Assemblée, avaient d'abord refusé au questeur le
général Lebreton, accompagné et poussé par

MM. Steenackers et de Kératry, de quitter leur position qui ne dépendait pas de la questure, puisqu'ils étaient au dehors du palais de l'Assemblée.

MM. Steenackers et de Kératry, fort peu connus jusqu'à ce jour dans les régions de la haute société, étaient de ces hommes de proie sans principes, aventuriers politiques toujours à l'affût d'un bouleversement social pour tâcher d'y trouver à réparer les défaillances irréparables d'un passé douteux, et à s'y faire un butin qui permette un avenir doré sous d'autres cieux plus cléments pour leurs fautes. Doués, d'une certaine énergie, factice et bien facile, parce que l'enjeu qu'ils placent dans la balance est si peu de chose même pour eux, on est toujours sûr de les voir paraître comme des loups-cerviers à l'approche de la tempête. Mon jugement leur paraîtra peut-être dur, et peut-être chercheront-ils à se donner l'apparence d'une révolte d'honnête homme offensé. Je sais qu'il est facile d'établir publiquement le bilan de leur situation morale et politique.

Derrière eux venait un certain député, le comte Horace de Choiseul, lancé également dans la politique par des raisons particulières et des moyens tout aussi particuliers, quêtant la plus vile des popularités en flattant les instincts bas de la multitude par un grand nom, se dégradant dans les cabarets pour quelques suffrages de mauvais aloi. Tous trois, poussant cette ruine sénile, qui s'abritait sous le titre de questeur et avait nom général Lebreton, furent les exécuteurs du coup de main d'où sortit le 4 Septembre et son Gouvernement.

Après le premier refus de M. Lagrange, M. Steenackers lui posa la question de savoir s'il obéirait à un ordre du gouverneur de Paris. Ce dernier fut forcé de répondre que, relevant du préfet de police, placé lui-même sous les ordres du gouverneur, il se verrait obligé d'exécuter l'ordre. Vingt minutes après, un chef d'escadron d'état-major du gouverneur apportait l'ordre d'évacuation signé du général Trochu de se replier en bon ordre.

C'était la première exhibition de cette fameuse phrase des proclamations futures avec lesquelles on bernait la population parisienne au lendemain de chaque affaire.

Ces braves gens avaient jusqu'alors suffi à maintenir la foule menaçante par leur seul aspect calme et digne. J'étais sur les marches de l'Assemblée et je compris que tout était fini. La digue était rompue et la marée faubourienne se précipita vers nous par le pont de la Concorde. J'eus un moment d'espoir, quelques cavaliers de la garde municipale firent mine de charger. Tout s'arrêta, un mouvement de plus, tout était refoulé et nous étions sauvés. Je ne sais quel ordre vint encore les empêcher de se porter en avant et de balayer le pont, sans doute le même qui avait fait retirer les brigades de police. Le mouvement en avant reprit : les cavaliers furent entourés, désarmés et la foule se rua sur les quelques voltigeurs de la garde impériale qui gardaient la grille. Tout Paris se rappelle le jour où la seule présence du maréchal Baraguey d'Hilliers, dans la petite cour de l'Assemblée, avait suffi pour contenir la même tentative parce qu'on le savait calme et décidé.

Je vois encore et je pourrais citer quelques-uns des hommes sinistres qui marchaient en tête de cette cohue. Les voltigeurs furent bousculés et quand, avec quelques amis, nous essayâmes à notre tour de repousser le mouvement sans armes, nous fûmes refoulés jusqu'au fond de la salle des Pas-Perdus. J'assistai alors à ce grotesque simulacre de séance, avec tous ces députés affolés et je les vis s'enfuir par toutes les portes.

C'est à ce moment que je trouvai le général Palikao qui, avec quelques officiers et soldats fidèles, avait été forcé d'évacuer la salle et se tenait dans la cour de derrière, qui donne sur la place du Palais-Bourbon.

Je lui exposai où en était la situation, et lui demandai de tenter un dernier effort. Nous rentrâmes ensemble et je me rappellerai toujours que j'arrêtai au passage plusieurs députés qui s'enfuyaient par toutes les portes en les suppliant de reprendre la séance. Rien n'était encore perdu, puisqu'ils étaient encore le seul gouvernement légal du pays. On leur escamotait en ce moment le pouvoir à l'Hôtel-de-Ville et en restant en séance ils nous donnaient à nous autres un drapeau autour duquel viendraient bientôt se grouper tous les honnêtes gens. Nous parvînmes avec le général Palikao à faire évacuer la salle des séances et à la nettoyer de toutes les sinistres figures qui déjà grouillaient et grimaçaient sur la tribune, le bureau et les stalles. Mais, hélas! nous étions seuls avec quelques soldats et les députés de la France n'étaient plus là. Quand ils voulurent se réunir plus tard, le coup était fait, et leur tentative patriotique rendue inutile pouvait paraître une conspiration.

M. Thiers présidait cette réunion dans la salle à manger de la Présidence. Les citoyens Jules Simon et Jules Favre vinrent annoncer la formation du Gouvernement provisoire, composé de tous les députés de Paris, sauf le plus illustre, trop fin pour se lancer ouvertement du premier coup dans cette aventure, et préférant venir, après avoir donné son concours moral, tirer les marrons du feu etse réserver également pour le succès ou l'insuccès de l'entreprise.

L'on se rappelle ses paroles en réponse aux députés qui veulent protester contre la violence faite à l'Assemblée :

«Vous devriez ne pas oublier que vous parlez devant un prisonnier de Mazas. Y a-t-il quelque chose de plus grave que les scellés sur les personnes, » répond-il, quand on proteste contre les scellés apposés sans ordre sur les salles des séances? Puis, il réprouve l'acte qui s'est accompli aujourd'hui, mais termine en faisant des vœux pour le succès de l'entreprise des gens du 4 Septembre.

Pendant ce temps le général Trochu sortait à cheval, dans les rues de Castiglione et de Rivoli, se faisait acclamer par la foule des faubourgs et lui, le preux et féal chevalier, se laissait entraîner à l'Hôtel-de-Ville pour y échanger son titre de gouverneur de Paris, au nom de l'Empereur, contre celui de Président du gouvernement de la défense nationale, aux côtés du sieur Rochefort, un des futurs chefs et promoteurs de la Commune. Sinistre ironie de ces gens qui escaladaient le pouvoir au milieu des ruines du pays et renversaient tout l'ordre établi devant les Prussiens qui s'avançaient à marches forcées sur Paris, pour ne s'occuper, le jour même, que de décréter l'abolition des aigles, etc.. Pendant ce temps également la foule, conduite par les mêmes hommes qu'à la Chambre, enfonçait les portes des Tuileries malgré les efforts du brave général Mellinet et forçait l'Impératrice à s'enfuir par la galerie du bord de l'eau pour chercher un refuge dans le fiacre préparé par le chevalier Nigra et le prince de Metternich. Ces deux étrangers, en courtisans fidèles du malheur, étaient forcés de venir sauver cette majesté souveraine menacée par la fureur imbécile de ce peuple en délire.

Je vois encore l'entrée du citoyen barbu
Jules Favre affublé d'un uniforme de garde
national, sa grosse tête en arrière coiffée
d'un schako sans aigle, et trainant un fusil
en hurlant à la tête des envahisseurs.

Le gouvernement de la défense nationale
s'établit donc par ces moyens et avec cette origine : l'alliance du général Trochu, personnage
mystique et indéfini dont on avait besoin pour
représenter l'élément militaire, avec les philosophes athées et sociaux de la tribu des
Jules Simon, des Jules Favre, des Jules Ferry,
doublés de journalistes sceptiques comme
Rochefort et de trois ou quatre nullités, répu-
blicaines de nom, ayant, soi-disant, la pratique
des affaires spéciales. C'étaient tous des
hommes de dénigrement systématique et, si
je puis dire, de démolition et, par suite, inca-
pables de rien édifier de solide et de stable.
Tous étaient, au point de vue politique, de
l'école de M. Thiers, toujours dans son élément et dans sa note, comme chef d'opposition
parlementaire, mais si mauvais gouvernant

quand il arrive aux affaires, car elles exigent
non plus un certain brillant extérieur de
parole, mais le sentiment énergique du pouvoir comme aussi de la responsabilité qu'il
entraîne. Il ne s'agit plus alors de l'art facile
de jongler habilement devant une Assemblée prévenue avec des phrases de rhé-
torique, préparées d'avance, mais de ma-
nier sérieusement et fortement des hommes
dans un pays aussi divisé que le nôtre, sur
toutes les questions civiles, morales ou reli-
gieuses par trois grands partis politiques
ayant chacun leur religion, leurs traditions
et leurs ambitions légitimes.

Tous les chefs du mouvement se partagèrent
naturellement les ministères et les places pour
ne s'occuper que des décrets qui étonnèrent
tellement Paris, pendant que les Prussiens
commençaient l'investissement. C'est alors
que nous vîmes avec stupeur le renvoi de tous
les anciens officiers de la mobile, l'élection
directe par les soldats, la réquisition des
avoines et des fourrages sans le rationnement

5

du pain, si bien que, pendant trois mois, 25,000 chevaux furent nourris avec du blé et du pain, quelques-uns à raison de 50 ou 60 livres par jour (3,800,000 kilog. de blé et de farine mangés avant la réquisition des chevaux), toutes choses horribles d'ineptie quand ce n'était pas de perfidie et de traîtrise au pays et dont le souvenir seul inspire encore le dégoût.

Quant à moi, je m'étais rendu à la place Vendôme et j'assistai à l'arrivée de cet autre grotesque personnage qui a nom Crémieux, porté sur les épaules d'un zouave aviné, puis passant de là sur l'impériale d'un fiacre — enfin au balcon du Palais-de-Justice d'où il cherchait à haranguer la foule et d'où il me faisait avec sa voix grêle, les gesticulations de ses petits bras s'agitant dans le vide, et sa grosse vilaine tête crépue, qui dépassait à peine le balcon, l'effet de ce personnage si fort en honneur dans les avenues des Champs-Elysées, où il fait le bonheur des soldats et des bonnes d'enfants. Le soir, à sept heures, j'étais commandé de service pour aller gar-

der à la prison du Cherche-Midi les prisonniers qui s'y trouvaient et qu'on voulait
délivrer. Je m'y rendis avec deux compagnies
du bataillon de la Bourse, que j'avais prises à
la place Vendôme. Je me rappellerai toujours
cette nuit et les chants de ces gens, entre autres
du citoyen Mégy, condamné à mort et qui
devait être exécuté quelques jours après.
J'avais pris toutes mes précautions pour ne
pas être enlevé et je passai ma nuit dans le
couloir des cellules. Il riait, chantait et passait
sa tête à travers les barreaux de sa porte pour
me dire : « Citoyen commandant, chacun
son tour, c'est nous qui te fusillerons demain,
voilà déjà plusieurs jours que je l'ai dit... »
Par un étrange phénomène facile à expliquer
toutefois, cet homme, gardé au secret et à vue,
savait déjà tous les événements et les avait
prédits, puis il continuait à m'insulter grossiè-
rement. N'eût été ma position de chef militaire
de la prison, je vous jure que j'ai été sur le
point de faire justice, séance tenante, du meur-
trier.

Je cherchai à me rappeler cette figure que
j'étais sûr d'avoir déjà rencontrée devant moi
et finis par me souvenir de la circonstance.
Tout Paris se rappelle l'émotion que souleva
la mort du citoyen Noir, et la menace des
émeutes que le futur parti radical se donnait
l'apparence de vouloir faire. N'ayant jamais la
moindre idée neuve, et toujours prêts à re-
nouveler les insanités grotesques de leurs de-
vanciers de 48 ou de 93, les honorables chefs
du parti, en fouillant dans leur catéchisme
révolutionnaire, eurent l'idée de refaire la promenade du cadavre avec une exhibition complète, d'autant plus belle, que le mort était
tombé sous la balle du Corse !!

Le ministère actuel de l'Empire ne brillait
pas par l'énergie. Toutefois le brave maréchal
Canrobert avait répondu de tout, et on le savait
homme à tenir parole. Mais la chose étant
lancée, il fallait aller au bout sous peine de
reculade, ces braves faubouriens autrement
étaient en droit de crier à la trahison. Pensez
donc, ils devaient sortir quatre cent mille

comme un seul homme, remonter le cadavre
jusque dans Paris, et faire trembler Assemblée,
Gouvernement, etc., devant cette manifestation morale aussi imposante par le nombre que
par la qualité des manifestants. On crut devoir
prendre quelques précautions. Le quartier
riche de Neuilly, du reste, où était le cadavre,
réclamait l'assistance et se montrait fort peu
enthousiaste de l'idée de garder de par la loi
48 heures l'honorable mort, et son funèbre
cortége, qui inaugurait déjà la veille et toute
la nuit par de nombreuses libations en l'honneur de la noble cause, la promenade et la
marche, menée par les grands hommes du
parti, les Rochefort, etc. Tout le monde
voulait être de la petite fête, rien ne devait y
manquer, même un vrai père et un vrai frère.

Sur la demande du maire de Neuilly, mon
chef d'état-major, le colonel Borel, voulut bien
me désigner pour assister à l'affaire et prendre
au besoin le commandement du bataillon des
propriétaires de Neuilly, me donnant en un
mot plein pouvoir dans les limites de la céré-

monie. J'étais chargé en même temps par la Recette générale du département de la Seine d'aller avec M. Truchon chercher les fonds en caisse de mon collègue le percepteur de Neuilly.

Je partis donc à Neuilly dès la veille pour examiner les lieux et prendre mes dispositions pour le lendemain en cas d'émotion populaire. Je me rendis compte de la situation topographique et du lieu indiqué naturellement pour l'affaire si elle devait avoir lieu. Voici ce que j'imaginai : je louai, soi-disant, pour établir un atelier d'expérimentation, une maison sise vers le milieu de l'avenue de Neuilly, presque en face le cimetière, et sans bruit je fis transporter trois petits canons couleuvrines de mer appartenant à un de mes amis, avec les charges à poudre nécessaires, puis je réunis quelques hommes dévoués avec des fusils et des revolvers. Tout cela était installé le matin, j'étais persuadé que le cortége partirait à peu près bien, commencerait à descendre l'avenue, mais qu'avant de tourner à

Garde Nationale du Dép.t de la Seine.

Paris le   18

La Garde Nationale, assurant près
la garde du Palais royal, il importe
que l'autorité comme la responsabilité
lui appartienne toute entière en ce qui
concerne cette propriété Nationale.
En conséquence M.r le Chef d'Escadron
Durny, de l'État-major de la Garde
Nationale prendra provisoirement le
Commandement Militaire du
Palais et de ses dépendances, avec
plein pouvoir sur les postes et
détachements, sur le service intérieur
et la conservation des objets qu'

le Palais [illisible]

Le Régent [illisible] vera [illisible]

à l'approbation de M. le Gouverneur

de Paris

Paris [illisible] 7 Septembre 1870

Le Colonel chef d'État [illisible]

Général de la Garde Nationale

[signature]

Vu et approuvé
Le G[énéral] chef d'État Major
[illisible]

[signature]

gauche pour arriver au cimetière, la comédie du cadavre se renouvellerait, et que les braillards de la foule chercheraient à retourner les chevaux vers Paris. Je pensais qu'à ce moment il y aurait peut-être collision avec les sergents de ville et j'attendais pour tirer à poudre mes petits canons, dont quelques coups auraient certainement suffi pour nettoyer toute l'avenue, de même qu'une volée de moineaux s'échappe devant un roulement de tambour ou la pierre d'un gamin. J'avais calculé sans les ordres supérieurs que j'ignorais et qui étaient de laisser entièrement libre la manifestation, jusqu'à ce qu'elle eût l'audace de franchir les portes de Paris, où elle aurait été reçue à souhait et de ne montrer pas même un tricorne de sergent de ville. J'avais du reste, le matin, reçu l'ordre de cantonner à la mairie même les gardes nationaux et d'y rester en permanence avec le maire.

Le cortège partit bien comme je l'avais prévu ; mais, arrivé au rond-point de l'avenue, le tumulte commença. Voyant que je n'avais

Citoyen commandant

Je sors pour aller déjeuner. Je vous
serai obligé de contresigner, après en avoir
pris connaissance, le procès verbal ci-joint.
Je vous prierai également d'y joindre un
ordre d'apposition de scellés que vous avez dû
descendre par mégarde et que j... dois joindre
à mon procès-verbal.

Salut et fraternité
Le commissaire de police
Raoul Rigault

Laissez-moi le tout. Vous envelopperez
dans le cas où vous sortiriez. Je reprendrai
dans un demi heure à 3 h 1/2 5 heures

cadavre finit par reprendre sa route. Une manifestation toute pacifique franchit les portes, remplissant les Champs-Elysées et tout Paris voit encore la charge héroïque de M. le Ministre de l'intérieur, Chevandier de Valdrôme, chargeant au trot, la canne à la main avec un colonel de hussards devant le palais de l'Industrie et suffisant à tout balayer.

Pour en revenir à la prison du Cherche-Midi, le lendemain m'arriva de l'Hôtel-de-Ville l'ordre d'élargir tous les prisonniers et je dus faire moi-même les honneurs de la sortie au citoyen Mégy, le vulgaire assassin devenu, aux élections suivantes, cinq jours après, commandant du bataillon de Montmartre, par la protection officielle du gouvernement.

J'étais atterré et, hélas! j'étais encore bien loin de tout ce que l'avenir me réservait de voir. Je ramenai mes deux compagnies à la Place Vendôme, et j'entrai à l'état-major rendre compte de ma mission.

On avait commencé tout naturellement

5.

dans la nuit le pillage des Tuileries et du Palais-Royal.

Bien que j'eusse déjà réclamé du service actif, le nouveau chef d'état-major eut l'idée de me donner la corvée d'aller, comme commandant militaire, au Palais-Royal, absolument comme si j'étais un vieux militaire à la retraite, chargé de cette sinécure pour soigner ses blessures et ses rhumatismes.

J'obéis toutefois, malgré ma juste répugnance, pensant que dans un pareil moment il fallait donner l'exemple de l'obéissance passive qui pouvait seule nous sauver. Je fis seller mon cheval et je me rendis au Palais-Royal. Je trouvai à la porte quelques vieux domestiques du Palais, m'apportant les clefs, ayant perdu la tête et me recevant comme le Messie. Les appartements du Prince avaient été violés, fouillés et en partie dépouillés. D'un moment à l'autre les misérables agents qui étaient déjà descendus dans les caves se gorger de vins et de liqueurs pouvaient remonter et le pillage recommencer. Comprenant

ÉTAT-MAJOR GÉNÉRAL.

Garde Nationale du Dép.' de la Seine.

Paris, le 8 Septembre 187

Mon cher Capitaine,

Par ordre du Gouvernem.' je vous
envoi 2 compagnies de piquet
du 16.' indépendamment de votre
garde ordinaire. Dupurnier qui
est aux Tuileries recevra l'ordre
de vous donner environ 1000
cartouches. Entendez vous avec lui,
pour les cartouches comme aussi
pour les renforts, il a une réserve
générale de 1 Bataillon (le 8.')
pour tout le pâté du Palais royal
& des Tuileries.   tout à vous
                                        C. Ferrié
itaine Dureuy.

la difficulté de ma situation et ne voulant pas
compromettre ma responsabilité, je rassurai
ces braves gens, leur promis de revenir à
leur secours, les encourageai à faire leur devoir, et leur dis que dans ces conditions je ne
pouvais entrer au Palais sans assumer
une responsabilité par trop grave.

Je restai donc à cheval et partis aussitôt
pour la Préfecture de police trouver M. de
Kératry. Je lui exposai que j'étais envoyé
comme commandant militaire au Palais-Royal
que dans ce poste je me chargeais de tout pour
l'avenir, mais que dans l'état actuel je ne
pouvais accepter d'assumer la responsabilité
du pillage commencé, qui un jour pourrait
m'être imputé, j'en avais le pressentiment.
Je lui demandai de me donner sans retard
un de ses commissaires de police, de le délé-
guer auprès de moi, afin qu'il pût rentrer
avec moi au Palais-Royal et apposer partout
les scellés.

J'insistai sur ce dernier point, et M. de Kératry me dit : «J'ai votre affaire, un homme et

qui j'ai toute confiance et qui aujourd'hui me
sert de secrétaire particulier. Je vous le re-
commande même, il est jeune encore, mais
très-intelligent et ira loin. »

Il sonna pour me donner, comme compagnon, son secrétaire particulier, M. Raoul
Rigault , le futur procureur général de la
Commune, avec l'ordre ci-joint dont voici
le fac-simile. Nous revînmes au Palais-
Royal, et comme il avait été mis à ma disposition, je le gardai deux jours et deux nuits
pour faire l'inventaire et apposer les scellés.

Comme malgré et plutôt surtout à cause de
la recommandation de M. Kératry, je tenais
son honorable secrétaire particulier dans la
plus grande suspicion, je le forçai à ne pas
faire un pas sans moi dans le Palais et même
en dehors. Il ne pouvait en sortir sans permission et du premier coup j'étais arrivé à le
traiter avec les honneurs dus à ce présent qui
le grisait déjà d'espoir et à cet avenir qu'il
rêvait parfois ; il était furieux de ne pouvoir
mettre de côté pour lui et ses maîtres de la

Préfecture et du Gouvernement, quelques bibelots soi-disant sans valeur, mais pleins d'intérêt historique pour faire le procès aux Buonaparte.

Il était obligé de me demander la permission de sortir, comme le prouve la lettre autographe ci-jointe. Ces gens-là étaient déjà aussi lâches que sous la Commune, malgré leurs grands airs de matamores, et n'arrivaient jamais qu'à l'apparence de laquais émancipés.

Je puis même vous citer ce joli détail : j'ignorais absolument ce qu'était un scellé et lui également. Pourtant je crus bien faire en envoyant acheter des bandes de toile, de la cire, et donner mon cachet de montre pour faire l'opération.

Le dernier jour, Raoul Rigault crut un moment avoir oublié quelque chose, et je le vis s'en aller du côté de la jolie chapelle de la sainte femme qui a nom princesse Clotilde. J'avais risqué ma vie la veille pour protéger le chaste sanctuaire, et j'avais dû demander du renfort. J'étais déjà attaqué ainsi que le prouve l'ordre ci-joint.

Il revint quelques instants après et me dit y être entré. Je m'en étonnai puisque j'avais gardé la cire et le cachet. « Cela n'est rien, me dit-il, j'ai recollé avec mon pouce la bande et le cachet : on n'y verra rien. »

Je dois ajouter qu'il mettait une attitude de limier dans cette perquisition, qu'il y cherchait même toute autre chose qu'une constatation légale de l'état des lieux. Il était même tout désorienté de ne pas trouver trace de papiers, tableaux et statues d'un genre tout particulier qu'on attribuait au prince Napoléon. Comme nous vivions ensemble, que je le faisais manger avec moi et coucher dans une chambre voisine, il me raconta toute sa vie, qu'il avait passée à faire de la contre-police pour dépister la police impériale. Il se sentait prédestiné à devenir Préfet de police et avait, disait-il, des aptitudes pour en faire un comme on n'en avait jamais vu ; la suite l'a prouvé.

Tout le palais fut mis ainsi sous les scellés, moins les caves dont on avait déjà commencé le pillage. Ce que voyant, j'avais fait porter à l'ambulance, que j'avais organisée dans le Palais, tous les vins, bien sûr qu'en les offrant aux blessés de la France je ne faisais que devancer les vœux du Prince.

Quelques jours après je reçus, pendant que je me promenais devant la porte, la visite de deux individus, dont l'accoutrement me laissait parfaitement deviner l'origine. L'un vint à moi et me dit : « C'est toi le citoyen commandant Duruy. — Oui, Messieurs, répondis-je et qu'y a-t-il pour votre service? » Il me sortit de la poche un papier graisseux, signé de deux membres du gouvernement, M. Jules Simon et un autre M. Dorian ou Magnien, et contresigné par M. de Kératry et le général Trochu. Ce papier me donnait l'ordre de fournir un local à la guérilla de l'Ile de France, destinée à former de nouveaux défenseurs à la patrie, avec des bureaux d'enrôlement, des emplacements d'exercice, des magasins, etc.

J'avais mon cabinet à la porte de droite au
fond de la cour. Mes compagnons me pa-
raissaient avoir une attitude si équivoque
que je me décidai, pour les surveiller en permanence et ne pas les lâcher dans le palais
qu'ils semblaient déjà dévorer du regard,
à les installer dans trois salles en face qui
formaient l'ancien corps de garde tout à
fait isolé du palais. Le lendemain, ces individus revinrent, je leur établis leur bureau
d'enrôlement et je vis alors paraître les mines
patibulaires qui ne voient la lumière du so-
leil que dans ces jours de deuil public. J'étais
aux aguets, comme vous le pensez bien, en
permanence, et je voyais tout du fond de mon
bureau.

Isolé, n'ayant qu'une malheureuse compagnie de garde nationale pour conserver le
dépôt confié, je devais redoubler de vigilance
et je vous jure que je ne dormais guère, même
d'un seul œil, car il me semblait à chaque
instant que ces gens devaient vouloir en finir
avec moi qui, ne pouvant les mater de vive

force, passais ma vie à contrarier en riant leurs desseins secrets.

Quelques jours après, j'aperçus du fond de mon bureau, à travers mes fenêtres et celles de mes voisins d'en face, quelque chose qui me parut singulier. Je bouclai mon sabre, pris mes revolvers, et, par un escalier détourné, j'arrivai, sans être vu, à leur porte. Je l'ouvris brusquement et j'entrai au milieu d'eux, j'aperçus ma vieille connaissance, Mégy, et Assi qui était dans la guérilla depuis plusieurs jours, et avec qui j'étais presque bien. Sa conversation, qui avait un certain caractère de mélancolie poétique, m'intéressait, et comme j'étais seul, je me plaisais à le faire deviser sur le présent et l'avenir pendant les longues heures de garde. Nous étions même devenus presque bons amis.

A mon entrée donc j'aperçus ces deux hommes. Mégy tenait un immense drapeau rouge sur lequel Assi inscrivait certaines choses. Je pris mon revolver, marchai droit à Mégy, saisis le drapeau par la hampe et lui demandai

tranquillement ce que c'était. Interdit tout
d'abord, il le lâcha, et me répondit que
c'était un drapeau avec lequel les gens
déjà enrôlés de la guérilla devaient faire le
jour même dans les faubourgs une promenade destinée à provoquer un recrutement
plus rapide. Je lui répondis froidement que
j'ignorais qu'il y eut en France un drapeau
autre que le vieux drapeau tricolore que les
armées de la République et de l'Empire
avaient victorieusement promené pendant
vingt ans de Cadix à Moscou. Puis je me re-
tournai et emportai, sans rien ajouter, le drapeau dans mon cabinet où je l'enfermai.
C'était la première apparition de la fameuse
loque rouge que nous devions revoir sous la
Commune. Je traversai immédiatement la
place du Palais-Royal, et vins rendre compte
du fait à qui de droit en portant les listes
d'enrôlement dont j'avais fait prendre le
double et qui contenaient, après Mégy et Assi,
tous les futurs membres de la Commune de
Paris, qui ne devaient quitter la guérilla où ils

GARDE NATIONALE

SÉDENTAIRE

ARTILLERIE DE LA SEINE

ÉTAT-MAJOR

5 RUE DE VALOIS, 5
(PALAIS-ROYAL)

RÉPUBLIQUE FRANÇAISE

LIBERTÉ, ÉGALITÉ, FRATERNITÉ.

Paris,

Mardi midi /2

Commandant.

N'habitez vous pas le *[illisible]* bien, une fois dans
la journée je vous ai fait prier de vouloir bien venir auprès
de moi pour affaire de service et je ne vous ai pas vus
pourquoi ? Je désirerai vous parler au plus que je vous
vous *[illisible]*

Salut et fraternité

[signature]

étaient tous enrôlés comme officiers ou soldats que pour devenir, aux élections de la
garde nationale, les candidats officiels du
gouvernement pour commander les futurs
bataillons de marche. On ne parut pas s'in-
quiéter de mes indications. Malgré mon insistance à relever certains noms et certaines
personnalités bien étranges, l'on me répondit que le drapeau était la propriété de
la guérilla et que j'eusse à le remettre à
ses chefs. Je faillis faire un éclat dans le
cabinet des officiers de service, je me
contins encore par le raisonnement que
tout cela n'était qu'une comédie dont les
fils étaient entre les mains du gouvernement lui-même. Le lendemain du reste,
pour confirmer cette opinion d'une façon
irrécusable, je vis arriver un convoi de
voitures d'artillerie escorté par les hommes
de la guérilla. J'avais fait fermer les portes qui donnent sur la place du Palais-
Royal et refusé l'entrée au convoi. Un des
officiers se détacha et m'exhiba un ordre

semblable au précédent en vertu duquel il venait de toucher à Vincennes deux mille chassepots et cent mille cartouches, alors que nos avant-postes étaient encore armés de fusils à piston. Je devais encore m'incliner devant cet ordre, je fis entrer le convoi dans la cour, autour de laquelle j'avais rangé les hommes de ma compagnie, avec l'ordre d'empêcher les gens de la guérilla de se mêler au convoi.

Je fis descendre de cheval les artilleurs et je commençai le déchargement des caisses à fusil. Au lieu de les ouvrir de suite, je donnai l'ordre de les laisser toutes fermées et j'eus l'idée de les faire descendre dans la grande cave, qui se trouve au-dessous du pavillon de l'horloge, malgré les réclamations très-vives des chefs de la guérilla qui venaient me dire que j'outrepassais mon pouvoir. Mais j'avais prévenu ma compagnie dont le capitaine M. Daux, bijoutier, m'était tout dévoué et était prêt à les enlever sur un signe. Je fis ainsi descendre 1,900 chassepots et tous les barils de cartouches,

en leur disant qu'ils n'en avaient pas besoin
avant d'être habillés et prêts à partir faire le
coup de feu aux avant-postes. Puis quand
tout cela fut bien enfermé sous triple serrure,
je fis déposer dans le pavillon à gauche de la
cour cent fusils que je mis à leur disposition
pour exercer leurs hommes, de telle heure à
telle heure, par groupes de cent. Ils devaien
venir les prendre et les rapporter au pavillon sous la surveillance de mon adjudant,
Marchand, vieux sous-officier d'Afrique
décoré et à la tête de vingt ou trente années de campagne. Vous dire les murmures
et les menaces sourdes de ces hommes de
nuit pendant que j'assistais à l'opération
et qu'ils me voyaient prêt à tout, je ne
saurais vous l'exprimer, ainsi que leur
rage de se voir ainsi enlever à leur nez et à
leur barbe les instruments de destruction. Ce
manége dura quelques jours encore. Puis
voyant que j'étais de plus en plus isolé, et que
leur audace s'en augmentait parce qu'ils se
savaient soutenus en haut lieu, craignant un

malheur que je ne pouvais conjurer indéfi-
niment malgré la bonne volonté des gens du
quartier tout effrayés de voir ces bandits en-
vahir le Palais-Royal et, malgré les rondes de
nuit que j'avais organisées avec leur concours,
rôder dans les galeries et venir secouer les de-
vantures en passant par dessus les grilles, je me
décidai à tenter une démarche nouvelle auprès du gouverneur général. J'avais au Palais-
Royal, en outre, l'intendance générale de l'armée commandée par M. l'intendant général
Wolf, les intendants Schmith, Segomme et
autres, qui habitaient tous le Palais et étaient
fort effrayés pour leurs papiers et leurs affaires
de ce terrible voisinage. Je m'en rapporte à
leur témoignage, et même à celui du citoyen
colonel Schœlcher qui organisait également,
dans l'intérieur du Palais-Royal, sous mes
yeux et sous ceux du gouvernement, que j'a-
vais prévenu cette fameuse légion d'artillerie
qui comptait Rochefort comme simple soldat,
cette legion destinée à garder plus tard les
canons de Montmartre et qui ne vit jamais le

Ordre de faire réintégrer au dépôt en marge de l'École d'État major sept barils de cartouches ey étant au Palais Royal ——

Paris le 18 7.bre 1870

Le gouverneur,

S.

g^{al} chef d'État major

Reçu à l'école d'État major la voiture de cartouches

Gal Rideau

feu des Prussiens. Elle ne se montra qu'au fort d'Issy et au Point-du-Jour pour mettre ses pièces en batterie contre nous, les assassins de Versailles. Fort de leur appui, je vins trouver mon ami le prince Nicolas Bibesco, premier aide de camp du général Trochu, le priai d'exposer au général les faits que je lui apportais avec les nouvelles listes d'enrôlement de la guérilla sur lesquelles j'avais encore pointé les noms les plus singuliers qui croyaient n'avoir même plus besoin de pudeur pour se cacher et jeter le masque. Je fus très-étonné de l'accueil froid et embarrassé fait par le prince valaque à mes déclarations. Lui, le confident des pensées intimes et des desseins secrets du général Trochu, que j'avais toujours connu très-affable et très-amical me répondit plus que froidement que je ne pouvais voir le gouverneur et finit, sur mon insistance et comme à contre-cœur, par m'adresser au général Schmith, son chef d'état-major et le propre frère de l'intendant qui habitait le Palais-Royal.

Le général me connaissait et me reçut très-
bien. Je lui démontrai le péril immense
qu'il y avait pour le gouvernement lui-même
à mettre à sa porte une horde pareille, armée
ainsi, qui n'avait, à un moment donné, qu'à
traverser la place du Palais-Royal, pour enlever les trois ou quatre sentinelles qui, en vertu
du régime républicain, faisaient semblant de
garder le gouverneur et à enlever d'un coup
de main le gouvernement tout entier.

Je lui démontrai que le danger était si évi-
dent qu'aux yeux de tous les honnêtes gens
il serait avéré que le gouvernement lui-
même aurait préparé ce coup d'État contre lui-
même pour se séparer de certaines notabilités
encore trop tièdes et pouvoir accentuer son origine par des infusions plus radicales et plus rou-
ges. Le général Trochu, ajoutai-je, a déjà joué
un bien singulier rôle vis-à-vis le gouvernement
impérial auquel il devait tout, malgré ses bro-
chures et son attitude d'opposition équivoque
dont il n'acceptait que les bénéfices, lui le plus
jeune général de division de l'armée. Son—

Paris, le 12 septembre 1870.

Prière à Mr le commandant du Palais Royal de permettre au capitaine Pastou de faire prendre les armes et les munitions de la guérilla, qui seront dirigées au châtelet, mises à qu..... à votre disposition —

Le commandant,

J. Laroceque

Pr... les fusils de la Guérilla

M E Pastou

Cap. Ch. P....

ÉTAT-MAJOR

Prière de réclamer
le reçu des Cartouches
(25,000) et de demander
pour en vertu de quel
ordre elles ont été
retirées à la Guérilla

L'Intendant du corps

[signature]

geait-il à devenir le chef d'un gouvernement
qui n'était encore que républicain et qui vou-
drait devenir révolutionnaire.

Le citoyen Rochefort allait du reste me
prouver de la façon la plus absolue la justesse
de mes prévisions, lorsque, quelques jours
après, il eut le courage, imposé à lui aussi
par les hommes d'en bas, de poser au gouvernement nettement leur programme. Sur le refus craintif de ses collègues de proclamer une
semblable théorie gouvernementale digne des
plus mauvaises époques révolutionnaires, il se
sépara ouvertement d'eux après l'orageuse discussion à l'Hôtel-de-Ville, où l'on se rappelle
les violences des citoyens Flourens et autres
Bellevillois, venus pour s'assurer que leur re-
présentant remplissait bien leur mandat im-
pératif, car il était déjà sujet à caution dans
les faubourgs pour sa tiédeur.

Le général fut très-ému de mon langage
assez vif et me dit textuellement : «Pourtant il
n'y a rien à faire, le gouverneur ne savait rien
de tout cela, il a signé l'ordre et ne peut en

6

donner un contraire.» Je lui offris alors de me charger sous ma propre responsabilité, à mes risques et périls, et toutefois avec son assenti-ment, de dégager cette terrible situation. Il me remercia vivement en me laissant libre d'agir sous mon inspiration. J'attendis alors le diman-che suivant, jour où je savais nos honorables voisins très-pressés d'aller dans les cabarets des faubourgs boire la semaine de solde qu'ils touchaient le matin même. Pendant ce temps les grands chefs de la bande allaient manger leurs traitements dans les restaurants plus re-levés et préluder au spectacle qu'ils devaient donner plus tard à la population parisienne étonnée de voir dans les cafés à la mode tout cet essaim d'état-major aux grandes bottes, chamarrés de broderies comme au cirque, mais avec les mains et des chemises noires de saleté et jamais de poudre. Comme je le pré-voyais, le bureau de la guérilla fut bientôt vide, les derniers de leurs hommes, après avoir ré-sisté une partie de la journée à la soif brûlante qui dévorait ces gosiers patriotiques, finirent par aller rejoindre les camarades aux barrières.

J'avais rassemblé mes deux compagnies du Palais-Royal dans la cour fermée qui se trouve derrière le Palais, j'avais requis des caissons d'artillerie et du train des équipages de l'Intendance que j'avais fait venir dételer comme par hasard dans cette même cour. En un tour de main les attelages furent remis sur les voitures, et on rechargea les caisses de cartouches et de fusils que j'avais laissées fermées. Puis je montai à cheval, mon convoi placé au milieu de mes hommes et je sortis par la grande porte du Palais verser au dépôt de l'école d'application de l'état-major mon convoi.

Le lendemain je conduisis encore à l'état-major sept barils de cartouches, que j'avais trouvés cachés dans le local occupé par eux, et m'en faisais donner le reçu ci-joint.

Je revins au galop au Palais, j'y trouvai réunis et très-émus quelques-uns des chefs de la guérilla presque menaçants. Je les reçus dans mon cabinet, mes revolvers devant moi, et je leur dis du ton le plus tranquille que j'a-

vais, sans les prévenir, fait appel à leur patriotisme bien connu et que j'attendais les remer-
ciements que leur reconnaissance allait leur
dicter. Une sortie devait avoir lieu, la nuit
même, par les mobiles de Seine-et-Marne qui
n'avaient que de vieux fusils. J'avais conduit
leurs fusils et leurs cartouches à leur commandant pour servir contre les Prussiens,
puisqu'ils ne pouvaient y aller eux-mêmes.
Le lendemain du reste je me faisais fort de
les leur faire remplacer etc.

Le tour était joué. Je vous laisse à deviner
leur attitude en m'écoutant et en sortant de
mon cabinet. Mais comme ces êtres n'ont
que la férocité et la lâcheté du loup, pas un
de ces huit hommes n'osa me répondre
ou toucher seulement du doigt une des
nombreuses armes dont leur ceinture était
surchargée, comme chez des voleurs d'opéra
comique.

Le lendemain j'obtins leur départ du Palais-Royal.

Le général Schmith me remercia chaude-

ment, il n'en était besoin, je n'avais encore
fait que mon devoir. La guérilla eut son siége
transporté au théâtre de la Porte Saint-Mar-
tin, où elle put se livrer librement à son recrutement et à ses autres affaires.

J'emballai soigneusement tout ce qu'elle
avait au Palais, voire même leur fameux drapeau rouge que j'avais été forcé de leur rendre, mais que j'avais jusque là empêché de
sortir au grand jour.

Du reste la guérilla reprit aussitôt ce que
je lui avais enlevé à si grande peine. Elle ne
perdit pas un homme au feu, mais elle s'était
transformée en la Legion des proscrits et
détenus politiques de 1852. C'est assez dire
qu'elle contenait toute l'écume des prisons et
des faubourgs parisiens. Je ne la vis plus
qu'au 31 octobre, dans les murs de l'Hôtel-de
Ville, où elle formait, avec quelques-uns des
fameux tirailleurs et vengeurs de la République, la garde prétorienne du citoyen Gustave
Flourens, qui parvenait enfin à faire ce que
j'avais empêché au Palais-Royal : l'enlève-

6.

ment d'un seul coup de filet du gouvernement tout entier. Quand j'en serai là, je vous
donnerai tous les détails de cette fameuse journée d'octobre et vous verrez si mes prévisions
étaient justes.

Pendant ce temps, les Prussiens conti-
nuaient leurs travaux d'approche et les pre-
mières affaires avaient lieu dans les conditions
que je vous dirai. Nos ministres et notre
gouvernement faisaient de nombreuses proclamations et dépensaient beaucoup de paroles ou d'encre pour avoir l'air de ne pas
s'agiter dans le vide et tromper la population
réellement désireuse de relever, par une défense héroïque et digne de l'histoire, le drapeau de la France, si malheureusement tombé.

M. Jules Simon, pour ne citer que lui, se
cantonnait à l'Hôtel-de-Ville, au dessus des
caves, approvisionnées comme je vous le racon-
terai *de visu*, ayant eu l'heureuse chance de
descendre dans ce laboratoire qui ressemblait
à une belle ferme-école avec ses différents
animaux, sa boucherie, sa boulangerie et sur-

tout sa magnifique basse-cour. Madame Jules
Simon courait les faubourgs, prêchant avec
ses amies, les citoyennes Paule Minck et
LouiseMichel, aujourd'hui à Nouka-Hiva, ses
fameuses conférences, et M. Jules Simon fils,
âgé de 25 ans, se cantonnait à son tour dans
les ambulances pour y abriter la grasse et
douillette progéniture de son père. Noble famille bien digne de cet heureux sort, de pouvoir se prélasser dans ce pauvre portefeuille
ministériel, dont elle avait si longtemps rêvé
pour y vivre à trois et au besoin y mourir, si
possible. Tout cela était aussi triste que grotesque et enlevait à la France, aux yeux du monde
étonné, ce qui lui restait seulement: la dignité
du malheur et le courage de bien tomber. Car
ce type du républicain honnête, de l'auteur
du *Devoir* et autres gros livres pleins de philosophie et de gros bénéfices de librairie, était
naturellement imité par tous les héros du
gouvernement de la défense nationale. Ces
honorables Messieurs s'inspiraient évidemment des grands exemples des conventionnels

de la 1re et immortelle République qui mar-
châient à l'assaut des batteries ennemies en
tête des grenadiers de la République avec leurs
grands panaches et leurs grandes écharpes
afin d'être mieux vus de tous, amis ou ennemis.

M. Jules Favre nous inondait de ses phrases creuses et tout ce monde luttait d'ineptie
sauf M. Gambetta qui se décidait, après
trois essais malheureux pour vaincre l'é-
motion bien légitime des dangers qu'il allait
faire courir à son auguste personne, à s'en-
voler en ballon. Il allait organiser, avec les
citoyens Glais-Bizoin et Crémieux, la lutte
à outrance, la levée en masse, les francs-
tireurs, les garibaldiens et toutes ces autres
mascarades burlesques dont ils ont affligé le
pays. Ajoutons bien vite que ces Messieurs
étaient toujours à cheval, à dix lieues toutefois des Prussiens et sur un train express
chauffant en permanence, machine en arrière
au premier son du canon le plus lointain.

Je me donnai le malin plaisir d'assister à

ses deux expériences d'enlèvement et à son
départ définitif au milieu d'exclamations qui
dénotaient une peur essentiellement italienne
et dont je renonce à reproduire la crudité
méridionale. A trois reprises il fait redes-
cendre le ballon, retenu encore par ses cordes
pour se remettre le cœur et venir reprendre
à terre un peu d'assurance. Je sais bien qu'on
ne doit pas toujours demander un peu de ce
courage vulgaire à un avocat même devenu,
par le hasard des circonstances, proconsul et
foudre de guerre en paroles et en proclamations. Je ne lui fais donc pas un crime de ce
que sa nature ne lui permettait d'autre vertu
que celles des harangues populaires de la
borne. Mais j'ai bien regretté, en ce moment,
pour la France, que les profondes préoccu-
pations du grand orateur du café de Madrid
l'eussent empêché de s'habituer à affronter
les orages de la nature par quelques répétitions
dans le ballon captif de l'Hippodrome. Nous
aurions eu alors, j'espère, le spectacle plus
digne et tout naturel d'un homme luttant

contre ses nerfs révoltés pour les forcer à accomplir froidement un devoir périlleux mais honorable, comme la dernière sentinelle qui se fait tuer tranquillement à son poste. Il partait rejoindre ses illustres amis, MM. Glais-Bizoin et Crémieux. Ces citoyens étaient certainement prédestinés à devenir des aigles de guerre et des phénomènes de politique. La nature les a gratifiés d'une laideur devenue proverbiale et capable de repousser je ne sais combien de Poméraniens et en même temps, au milieu des tristesses de la patrie, d'inspirer une douce gaieté aux populations des provinces appelées au bonheur de les contempler. Quant à Gambetta, tout le monde savait qu'il avait déjà perdu un œil dans la bataille de la vie. Mais celui qui lui restait n'aurait pas déparé un lynx pour le perçant avec lequel il reconnaissait l'ennemi, au delà même de la vue ordinaire à ees animaux, pour éviter le moindre contact désagréable à son honorable personne.

N'eût été l'horreur de ces temps d'épreuves

pour notre pays, on peut dire que jamais le Palais-Royal n'a donné à ses habitués un spectacle aussi grotesque que celui de la lutte héroï-comique de ces trois proconsuls de la délégation de Tours et de Bordeaux cherchant à se dévorer entre eux, et luttant à coups de télégrammes et de proclamations. Ils finirent par obliger enfin le Gouvernement central à envoyer le doux Jules Simon verser un peu de l'huile de son éloquence onctueuse sur ces vieux ressorts qui, en criant, menaçaient la machine de dérailler et de démolir la clef de voûte de l'édifice, l'illustrissime signor facchino Gambetta.

La seconde partie de mon travail va bientôt paraître; elle comprendra mes souvenirs du siége jusqu'au 18 mars.

La troisième et dernière, consacrée à la Commune et à M. Thiers, suivra de près, et j'espère pouvoir offrir au public la série complète de ces notes destinées, je crois, à jeter leur part de lumière sur cette grosse question. Je n'ai pas la prétention, je le répète encore, d'écrire un livre et n'entreprends pas une œuvre au-dessus de mes forces, ce sont simplement des souvenirs. L'histoire a trouvé souvent à puiser des renseignements dans ces Mémoires particuliers sur une époque agitée. Mon but est atteint si, par ce récit fidèle de ce que j'ai vu et fait personnellement, je puis apporter à la vérité mon faible contingent.

Versailles. — Imprimerie G. BEAUGRAND et DAX, rue du Potager, 9.

VERSAILLES. — IMPRIMERIE G. BEAUGRAND ET DAX,

Rue du Potager, 9.

www.ingramcontent.com/pod-product-compliance
Lightning Source LLC
Chambersburg PA
CBHW060826250626
47162CB00005B/1962